Nachwelt

ein utopischer Roman

von

Karl-Heinz Haselmeyer

Meinen Helm, der mit seinem Display das obere Gesicht abdeckt, dieses Schlupfloch in eine imaginäre Welt, habe ich beiseitegelegt. Sinnend schaue ich aus einer Höhe von 380 Metern auf diese schöne Welt. Bei gutem Wetter ist diese Aussicht atemberaubend, und dennoch fühle ich mich immer ein wenig ausgesperrt. Meine Großeltern mussten noch kämpfen, damit unsere schöne Erde fast ganz als Naturschutzgebiet anerkannt wurde. Dabei gab es für die Menschheit keine Alternativen, sie hatten den Kampf um einen Ausgleich mit der Natur verloren. In Gebieten am Äquator war die Erde zu einem Glutofen geworden. Unwetter tobten, Ernten wurden vernichtet, die Wälder trockneten aus und die Menschen verhungerten oder starben geschwächt an Epidemien. Große Aktionen, neue Wälder mit Korkeichen, Esskastanien und tropischen Gehölzen entstehen zu lassen, waren nur die Reparatur eines der Faktoren, die zu dieser Katastrophe geführt hatten. Die Menschheit konnte nicht weiterhin auf Kosten der Natur weiterbestehen. Großvater erzählte oft, wie es mit der Erde stand, als er ein junger Mann war. Eingriffe von neun Milliarden Menschen hatten ihr fast alle Lebenskraft genommen. Alle Kuren blieben nur Stückwerk. Solange diese Masse von Menschen von der Natur lebte und sie ausbeutete, waren alle Anstrengungen vergeblich. Die Menschheit war wie ein Krebsgeschwür und als letzter Ausweg blieb nichts anderes übrig, als das Geschwür zu isolieren. Die Generation meiner Großeltern hat das unter menschenwürdigen Bedingungen geschafft. Es war nicht leicht und es erforderte den Einsatz und den Behauptungswillen einer ganzen Generation. Wir, die

Nachkommen, haben ein schönes Leben, zugegeben, aber es ist ereignisloser geworden. Zwar gibt es viele Möglichkeiten in Bildung und Kultur, im Sport und in einem lebendigen Gemeinschaftsleben. Das alles steht uns zur Verfügung, doch den größten Teil unseres Lebens nimmt die digitale Traumwelt ein. Auch ich habe nach meinem morgendlichen Sport schon fast fünf Stunden in dieser unrealen Welt verbracht. Die Unterschiede zwischen diesen beiden Welten scheinen oft zu verschwimmen, unser Erleben in der künstlichen Welt ist sogar oft unproblematischer, es stellt einfach weniger Ansprüche an uns.

Die Natur hat sich in fast hundert Jahren ein wenig erholt. Sie steht für uns Menschen nur eingeschränkt zur Verfügung, eingreifen und uns ihrer Schätze bedienen dürfen wir nicht mehr, das wird streng überwacht. Rings um unser Menschengetto gibt es sichere Wege, ungepflasterte Naturwege, auf denen wir uns bewegen können. Diese Wege sind gegen gefährliche Tiere abgesichert, ohne die Natur merklich einzuschränken. Ich gehe gern dort weite Strecken, abgesehen von meinen regelmäßigen morgendlichen Waldläufen. Das Leben der menschlichen Gemeinschaft findet in einem gigantischen Bauwerk statt. Man kann es mit einem riesigen Termitenbau vergleichen. Es hat eine Grundfläche von 4,8 Quadratkilometern und ist 510 Meter hoch. Das Gerüst besteht aus einem neuen Material, dem Stabolit, das sehr leicht, aber härter als Stahl ist. Die tragenden Teile sind mit flüssigem Stabolit verklebt, das in wenigen Minuten unter UV-Bestrahlung aushärtet. Die Bauteile dazwischen bestehen aus aufgeschäumtem und recyceltem Material ehemaliger Autobahnen und Straßen, aber auch von abgerissenen Bauwerken ehemaliger Städte. Das Innere ist wie ein Schwamm, durchzogen mit einem Gewirr von Korridoren, Fahrstühlen, Parks und Freizeiteinrichtungen, Werkräumen, Kantinen und Unterkünften. Ohne Navigation wäre man im Inneren dieses Riesenklotzes verloren. Der Wohnraum ist beschränkt auf genormte kleine Wohneinheiten.

Wir bekommen alles, was wir benötigen, ohne Gegenleistung. Jeder kann sich aber nützlich machen, was bei vorheriger Anmeldung und Zuweisung ermöglicht wird. Eine Tätigkeit bringt Abwechslung und ist teilweise bei jungen Menschen beliebt, die das Erleben in einer imaginären Welt, wenn es Tag für Tag geschieht, nicht befriedigt. Alle Beschäftigungen haben aber den Beigeschmack, dass sie genau genommen nicht notwendig sind.

Mir war die reale Welt auf die Füße gefallen. Noch zwei Wochen davor wollte ich vor Glück die Welt umarmen, ich hatte mich verliebt. Mit zwei Freunden war ich in der Mittagszeit in eine uns bisher unbekannte Kantine gegangen. An unserem Nebentisch saß eine fröhliche Runde junger Frauen. Zwei der Frauen fielen mir auf Anhieb ins Auge. Beide waren wahre Schönheiten, aber in ihrer Wirkung waren sie ganz unterschiedlich. Eine sprühte vor Lebenskraft, sie schien die Wortführerin zu sein, sie redete laut, lachte ungezwungen und zog die Aufmerksamkeit der anderen Damen auf sich. Die andere, dem

Aussehen nach schien sie die Schwester zu sein, hatte ihre Haare streng zurückgekämmt, saß ruhig neben ihrer extrovertierten Nachbarin, schaute mit ernster Miene auf ihren Teller und schien unbeteiligt. Wie ein Magnet zog die temperamentvolle Dame meine Blicke an, und als sich unsere Blicke trafen, durchfuhr mich ein heißes Erschrecken und ich meinte, mein Nachbar müsse meinen Herzschlag hören. Unsere Blickwechsel wurden mit der Zeit häufiger und von vorsichtigem Lächeln begleitet. Ich fotografierte sie mit meinem Smartphone, das ich als Armbanduhr immer dabeihabe, um sie später mit dem Computer identifizieren zu können. Sie merkte es und schürzte ihre Lippen zur kurzen Andeutung eines Kusses. Als die Damen aufstanden und den Tisch verließen, merkte ich, dass auch meinen Freunden die Luft wegblieb. Die Damen waren nach der neusten Mode nur mit hauchdünnen Schleiern bekleidet, welche die anmutigen Körper mehr unterstrichen als verhüllten. Wir trugen wie üblich nur unseren Lendenschurz, und ich war nicht der Einzige, der merkte, dass diese sparsame Bedeckung zu knapp wurde und sich spannte. Kaum war ich in meinem Zimmer, nahm ich meinen Helm, wählte das Computerprogramm und koppelte mein Armband mit dem Gerät. Ich bekam nur ihre Telefonnummer, alle anderen Daten waren geschützt.

Ich machte sogleich einen Bildanruf und sie sagte: „Es freut mich, dass du mich nicht warten lässt." Wir verabredeten uns zu einem Treffen in einem Park in ihrer Etage. Es ging dann alles sehr schnell, wir küssten uns, tranken Kaffee in einem Gartenlokal und gingen zum Rollschuhlaufen. Danach gingen wir in mein Zimmer und liebten uns. Sie hieß Gitti und sie war wie ein Zauber, sie blieb dann die ganze Nacht bei mir. Ich fühlte mich wie in einem schönen Traum, so schön, wie es kein imaginärer Traum zustande bringen könnte. Dann folgten wundervolle Tage in ekstatischer Zweisamkeit.

An einem Morgen sagte sie mir, sie hätte an diesem Tag keine Zeit für mich, sie hätte eine Verabredung. Ohne sie fühlte ich Leere und rief deshalb meinen Freund Mauritz an, der jedoch meinen Anruf nicht annahm. Etwas irritiert rief ich nun Paul an und fragte ihn, ob er wisse, wo Mauritz sei, aber er wusste es nicht. Gegen Abend versuchte ich Gitti zu erreichen. Es meldete sich ihre Schwester

Selma, die meinte, sie würde es ausrichten, dass ich angerufen hätte, und Gitti könnte dann zurückrufen. Gitti meldete sich aber nicht. Am anderen Morgen kam sie froh lachend zu mir und sagte mir, sie sei bei Mauritz gewesen und sie hätten sehr viel Spaß gehabt. Mich traf es wie ein Schlag. „Weiß Mauritz, dass wir schon seit über einer Woche zusammen sind?", fragte ich ärgerlich und enttäuscht. „Bist du etwa eifersüchtig?! Klar wusste er das nicht, sonst hätte er sich wohl nicht verführen lassen", entgegnete Gitti belustigt. Ihr Verhalten und ihre leichtsinnige Art machten mich fassungslos. „Dann hast du ja wohl mit mir auch Spaß gehabt. Mir war es ernst, wir haben wohl grundverschiedene Vorstellungen von einer Beziehung. Ich glaube, du gehst jetzt lieber." Damit drehte ich ihr den Rücken zu. Ich hörte, dass sie den Raum verließ, und konnte meine Tränen nicht zurückhalten. Zugegeben, ich vermisste sie, aber ich wollte ihr vorläufig nicht begegnen. Als ich Mauritz zur Rede stellte, bedauerte er es sehr, dass er nichts über meine tieferen Gefühle für Gitti gewusst hatte, für ihn war es nur ein flüchtiges Abenteuer.

Ich stürzte mich wieder mehr in meine Arbeit, auf imaginäre Abenteuer hatte ich vorläufig auch keine Lust. Ich inspizierte die Pflanzensilos und überprüfte die Messwerte und Einstellungen der Regler. Im Grunde geht alles automatisch vom Samenkorn bis zur automatischen Ernte. Es ist nur so, dass auch die perfekteste Automatik zeitweise kontrolliert werden muss, denn eine kleine Fehlfunktion kann die Ernährung von Millionen der Einwohner dieses Zentrums gefährden. Als die Menschen gezwungen waren sich aus der Natur zurückzuziehen, bildeten sich insgesamt 26 dieser menschlichen Enklaven. Mein Großvater war ein Pionier dieser Entwicklung. Es begann mit dem Erfolg der Kernfusion, denn mit der Lösung des Energieproblems war der erste Schritt aus der Abhängigkeit von den irdischen Ressourcen getan. Die Zucht von tierischem und pflanzlichem Zellgewebe war die erste große Aufgabe, die gestaltet werden musste. Das ging nur zentral in enger Verbindung mit der Erzeugung von Energie. In riesigen Türmen wurde die Nahrung der Menschen erzeugt. Eine räumliche Verteilung der Produkte wäre aber auch mit der Schonung der Natur nicht in Einklang zu bringen und so mussten sich die

Menschen bei diesen Erzeugerzentren ansiedeln. Die Zentren wuchsen und immer mehr ehemaliges Kulturland konnte der Natur zurückgegeben werden. Der Aufbau dieser Megazentren wurde streng mit recyceltem Material ausgeführt, ehemalige Städte, Straßen, Brücken und Dämme wurden recycelt und zum Bau verwandt. Um ein Maximum an Natur freizugeben, wurden die Wohnungen, die aus vorgefertigten Teilen schnell erstellt werden konnten, pro Person auf 25 Kubikmeter festgeschrieben, und zwar für jeden Erwachsenen, ohne Ausnahme. Die gesamte Anlage mit der Energieerzeugung, der Fertigung aller benötigten Produkte, der Lebensmittelherstellung und den Wohneinheiten bildet eine Einheit. Die Versorgung mit Lebensmitteln und Getränken erfolgt

kostenlos in vielen Kantinen, die über
die gesamte Anlage verteilt sind. Die
Übersiedlung aller Menschen und die
volle Funktionsfähigkeit der Anlage
dauerte etliche Jahrzehnte. Nun ist es
nicht so, dass keine Menschen mehr
in freier Natur leben, es gibt noch
verstreut kleine Ansiedlungen von
Selbstversorgern, denen es aber verboten ist, an der Natur Raubbau zu
betreiben und die ohne Verkehrsan-
bindung gänzlich abgeschlossen sind.
Wichtiger für die Natur ist, dass Stau-
seen, Staustufen der Flüsse und
Flussbegradigungen zurückgebaut
wurden und sich die Flüsse damit
wieder ausbreiten und Überschwem-
mungsgebiete und Moore bilden
können. Was sich früher für die be-
siedelten Gebiete katastrophal aus-
wirkte, seien es Überschwemmun-
gen oder auch Brände, ist nun Teil der

befreiten Natur. Die wenigen noch vorhandenen Einsiedler haben ein hartes Leben, denn sie sind mit denen ihnen auferlegten Einschränkungen den Launen einer freien Natur oft wehrlos ausgeliefert.

In unserem abgegrenzten Lebensbereich gibt es andere Schwierigkeiten. Dem Tatendrang ist unter den heutigen Umständen wenig Raum gegeben. Ein Großteil des Erlebens findet im imaginären digitalen Raum statt. Es scheint so, dass die Verweildauer im imaginären Raum die Rückkehr in das reale Leben immer schwerer macht, und so kommt es, dass viele Bewohner aller Altersstufen sich entscheiden, ganz in die imaginäre Welt umzuziehen. In dafür geschaffenen Räumen können sie ohne Schmerzen und ohne Hunger und Durst zu fühlen in der digitalen Welt verweilen, bis ihre vitalen Funktionen einschlafen. Die digitale Welt wird für sie zur Ewigkeit. Ihre toten Körper werden dann verbrannt, wie alles recycelt und dem gesamten Kreislauf zugeführt.

Abgesehen von Komplexität und Größe bewundere ich unsere Kreislaufwirtschaft. Unsere gesamte Megacity produciert keinen Abfall, alles wird wiederverwendet. Eine minimale Verbindung mit der Außenwelt besteht bei Luft und Wasser. Den größten Einfluss auf die Natur haben wohl Spaziergänger und Jogger in naher Umgebung. Für mich ist es sehr wichtig, dass wir noch in die Natur hinausgehen können, und ich glaube nicht, dass bei der geringen Zahl der Leute, die unsere abgeschottete Siedlung ab und zu verlassen, ein merkbarer Schaden an der Natur entsteht.

Nun war ich schon mehr als zwei Stunden in den Produktionsstätten für pflanzliche Nahrung umhergestreift. Diese mir übertragene Überwachungsaufgabe ist kaum Arbeit zu nennen, aber diese kleine Verpflichtung strukturiert meine Tage. In der Zentrale dokumentierte ich meinen Rundgang, und da ich sonst nichts vorhatte, nahm ich den langsamen Gesellschaftsaufzug, der an fast jeder Etage hält und Personen ein- und aussteigen lässt. Beim zweiten Halt stieg Selma, die Schwester von Gitti, in den Fahrstuhl. Wir waren beide überrascht und verlegen, doch Selma reichte mir mit freundlichem Lächeln die Hand. Dieses Lächeln der sonst so ernsten Selma ließ mich sofort die Ähnlichkeit mit ihrer Schwester spüren. Unwillkürlich dachte ich: „An Schönheit steht sie ihrer Schwester nicht nach, aber sie hat nicht Gittis Leichtsinn." Spontan lud ich Selma zu einer Tasse Kaffee ein und war erleichtert, als sie zustimmte. Wir hatten eine gute, interessante Unterhaltung. Ich glaubte nicht, dass ich je mit einer Frau ein so tiefgehendes Gespräch geführt hatte. Wir redeten über Erkenntnis, dass wir unsere Umwelt nur gefiltert durch unsere persönlichen Gegebenheiten aufnehmen, sodass wir eine persönliche Welt erleben, die nicht immer und genau mit der Wahrnehmung anderer übereinstimmt. Ich äußerte die Vermutung, dass der Unterschied zwischen dem Erleben der realen Welt und dem Erleben in der digitalen imaginären Welt, die wir auch willentlich beeinflussen und lenken können, nicht so sehr groß sei. Selma sagte dazu, dass wohl das Erleben in den beiden Welten für uns keinen erkennbaren Unterschied hätte, aber im Imaginären wäre die Persönlichkeit beliebig und wäre nicht unsere Persönlichkeit unser kostbarster Besitz? Erst glaubte ich, das wäre ein sonderbarer Gedanke, doch nach einiger Überlegung fand ich, er hatte etwas für sich, ich würde mir das genauer durch den Kopf gehen lassen. Wir sprachen auch über Gitti. Selma meinte, ihre Schwester, die so unbeschwert und fröhlich wirke, hätte starke Ängste. Bei zu großer Nähe zu einem Partner steigerten sich diese Ängste dermaßen, dass sie aus dieser Verbindung ausbrechen müsse. Gitti spreche noch sehr viel über mich und bedauere es sehr mich so gekränkt zu haben. Ich sagte Selma, dass ich gegen ihre Schwester keinen Groll hege, aber in einer Partnerschaft wäre für mich Vertrauen unbedingt notwendig. Selma wechselte nun das Gespräch zu freizeitlichen Betätigungen, und da sie erzählte, dass sie gern am frühen Morgen einen kleinen Lauf im Nahbereich machte, verabredeten wir uns zu einem gemeinsamen Geländelauf. In meinem Zimmer dachte ich noch lange über diese beiden so unterschiedlichen Schwestern nach. In der Nacht träumte ich von Selma.

Etwas vor der verabredeten Zeit wartete ich auf einer Bank am Ausgang C. Die Natur reicht bis zu den Bauwerken heran. Eine drei Kilometer breite Zone rund um die befestigte Siedlung ist durch Elektrozäune gegen wilde Tiere abgesichert und von vielen kleinen Sandwegen durchzogen. Man kann die Elektrozäune durch Drehschleusen passieren, ist dann aber ungeschützt und den Gefahren der Wildnis ausgesetzt. Bei diesen Betrachtungen kam Selma, aber sie kam nicht allein, sie war in Begleitung von Gitti. Nach kurzer Verlegenheit begrüßten wir uns freundlich und liefen gleich los. Ich fand diesen morgendlichen Lauf nicht sehr entspannend, ich war verkrampft und fand nicht den richtigen Ton für eine Unterhaltung. Selma lief still hinter mir und Gitti rannte voraus und plauderte fröhlich. Als wir uns nach dem Lauf am Eingang trennten, meinte Gitti lachend: „Könnten wir nicht wieder zusammenkommen?" Ich wusste nicht gleich, was ich antworten könnte. Ein kurzer Blick von Selma streifte mein verlegenes Gesicht. „Wir können Freunde bleiben, aber ich habe mich in eine andere verliebt", brachte ich mit etwas Mühe heraus. Mit einem schnellen Blick versuchte ich Selmas Reaktion zu erkennen. Selma hatte sich verlegen abgewandt und war rot geworden. „Du musst nicht alles so ernst nehmen, es war Spaß", lachte Gitti und zog Selma mit sich. Ich blieb verwirrt zurück. Was sollte Selma nun von mir denken? Hoffentlich hatte ich sie nicht mit meinem linkischen Betragen gekränkt. Ich hätte mich ohrfeigen können. Ich setzte mich auf eine Bank, die am Eingang einen gro-ßen Baum umrundete, und starrte dorthin, wo die beiden gerade ver-schwunden waren. Wenn Selma ver-standen hatte, dass sie es war, in die ich mich verliebt hatte, war es pein-lich, dass sie es auf diese Art erfuhr. Und wenn sie meinte, dass ich mich in eine andere verliebt hatte? Daran durfte ich nicht denken. Ich konnte mich nicht entschließen aufzustehen und hineinzugehen.

Da kam lärmend eine Schar halbwüchsiger Kinder aus dem Eingang, sie balgten sich und tanzten vor Übermut. Zwei Erwachsene hatten Mühe, die Schar beisammenzuhalten. Warum fand ich das so bemerkenswert? Ich realisierte, dass sonst kaum Kinder zu sehen waren. Waren wir eine Gesellschaft von Erwachsenen? Hätte ich den Mut ein Kind in diese abgekapselte Welt zu setzen? Was könnte ich einem Kind bieten? Begrenzte kurze Ausflüge in die Natur auf eingerichteten Wegen und sonst Unterhaltung unter Video-helmen? Was erwartete Selma von ihrem Leben? Alles Fragen, auf die ich keine Antworten wusste. Bedrückt stand ich auf, ging hinein, fuhr mit einem

Expressfahrstuhl zu meiner Etage und verkroch mich in meinem Zimmer. Kurz nahm ich meinen Helm und holte ein Programm von einer der Inselgesellschaften. Bei diesen interaktiven Programmen muss man sich auf das Programm einlassen, wenn man aber mit den Gedanken immer wieder abschweift, wird es rasch chaotisch. Schon nach kurzer Zeit schaltete ich ab, setzte mich an die Glasfront und starrte hinaus auf das wogende Grün tief unter mir.

Ein Anruf riss mich aus meiner Lethargie. Es war Selmas Stimme: „Ich möchte mich bei dir entschuldigen, dass ich Gitti am Morgen mitgebracht habe. Als ich ihr sagte, dass ich mit dir laufen gehe, bestand sie darauf mitzukommen und ich konnte es nicht verhindern. Ich hoffe, ich habe dich nicht zu sehr in Verlegenheit gebracht." „Ach, Selma, mir fällt ein Stein vom Herzen, dass du mir mein Verhalten nicht verübelt hast", unterbrach ich ihren Redefluss. „Was soll ich dir verübeln? Ich hätte wissen müssen, dass Gitti aus der Rolle fällt. Nun ist Gitti wütend und lässt es an mir aus. Das ist aber nicht so schlimm, ich bin einiges gewöhnt, Hauptsache, du bist mir deswegen nicht böse." Wir redeten dann noch über eine Stunde über Funk, um uns anschließend zum Abendessen zu treffen. Wir hatten einen sehr schönen Abend, es wurde sehr spät. Ich brachte Selma zu ihrem Zimmer, und als ich ihr eine gute Nacht wünschte, bekam ich einen Gutenachtkuss. Beschwingt gelangte ich über Korridore und den Fahrstuhl zu meinem Zimmer, ließ mich auf das Bett fallen und schlief wie ein Bär.

Morgens rüttelte mich Paul wach und wollte mit mir zusammen frühstücken. „Was ist mit Mauritz?“, fragte ich. „Ich habe ihn nicht gefragt“, antwortete Paul verlegen. „Mauritz hat mir erzählt, wie sehr er dich aus Unwissenheit gekränkt hat, und da wollte ich mich nicht einmischen.“ „Unsinn“, entgegnete ich, „ich gehe ins Bad und mache mich frisch und du holst Mauritz, er gehört dazu.“ Dann zogen wir wieder zusammen los zu einem ausgedehnten Frühstücksvormittag. Mit Selma hatte ich mich zur Mittagszeit verabredet. Wir fanden erst in der vierten Kantine drei zusammenhängende Plätze. Dieses Menschenreservat ist wie ein riesiger Ameisenbau, Funktionsräume, Wohnräume, ein Gewirr von Gängen und eine ungeheure Anzahl von Fahrstühlen. Niemand könnte sich ohne ein Navigationsgerät zurechtfinden. Und dennoch, es ist kaum vorstellbar, wie so viele Menschen an diesem Ort zusammenleben können. Maximal waren es fast 60 Millionen Menschen, die hier untergebracht waren, zwar hat sich das, als die Zuwanderung versiegte, reduziert. Es gab sehr wenige Geburten und eine hohe Sterberate, aber 30-40 Millionen Einwohner müssten es noch sein. Für mich ist es ein Wunder, dass die Naturwege rings herum noch Platz zum Joggen bieten. Es ist wohl für die meisten Bewohner zu umständlich herauszugehen, und Sportstätten sind, ohne den Bau verlassen zu müssen, reichlich vorhanden. Eng wird es nur oft in den Kantinen, obwohl davon reichlich vorhanden sind.

Mit Selma spielte ich nachmittags Tennis. Danach besuchten wir eine

Eisdiele und bestellten einen großen Eisbecher. Da es dort zu laut war, gingen wir anschließend in eine Parkanlage auf derselben Etage, wo wir uns zwischen Blumenrabatten und Zierbüschen auf einer leeren Bank niederließen. Wir unterhielten uns so intensiv, dass es recht spät wurde. Selma ist Ärztin, hat aber ihre Arbeit an der Krankenstation aufgegeben. Sie kam in Konflikt mit ihren ethischen Überzeugungen. Ich kann ihr das nachfühlen, denn dort werden Patienten vorwiegend ambulant versorgt. Bei schwereren Erkrankungen werden hauptsächlich Schmerzen behandelt. Sind Patienten nicht mehr in der Lage sich selbst zu versorgen, bekommen sie eine Schmerzbehandlung und den Videohelm. Danach werden sie weder mit Getränken noch mit Nahrung versorgt. In den meisten Fällen führt das dazu, dass die Schwererkrankten in den Tod hineindämmern. In der Krankenversorgung hatte sich die Meinung durchgesetzt, dass größere Eingriffe nur Leiden verlängerten, und das wollte Selma nicht mitmachen. Sie war der Meinung, dass jeder das Recht hätte selbst zu entscheiden, ob er Siechtum oder ein Einschlafen im imaginären Raum bevorzuge. Wir unterhielten uns auch lange über die Vergangenheit, in der die Menschheit dicht daran war auszusterben, die heutige Situation mit den Problemen der Isolation und was es bedeutet, die belebte Welt auszugrenzen. Wir sprachen auch darüber, dass kaum noch Kinder geboren werden und dass es dadurch zu einem schleichenden Exodus der Menschen käme. Während unseres Austausches wurde mir bewusst, dass ich für Selma ein sehr viel tieferes Gefühl empfinde. Bei ihrer Schwester war es vorwiegend sexuelle Anziehung, während mir Selma sehr viel nähersteht. Ich fühlte mich bei ihr als Person angenommen und wollte für sie da sein. Abends in meinem Zimmer kam ich ins Grübeln und versuchte Klarheit in meine Gedanken zu bekommen. Durfte ich Selma lieben und hoffen bei ihr auf Gegenliebe zu stoßen? Wer war ich und was konnte ich für sie sein? Etwas Besonderes konnte ich an mir nicht finden. Wie konnte eine gemeinsame Zukunft aussehen? Wohnung für zwei Personen, Nähe, gemeinsame Unternehmungen und Gedankenaustausch. Sicher ist das sehr viel, aber leben und Kinder in eine Gesellschaft setzen, die zum größten Teil das Leben im digitalen Raum in Träumen verbringt? Nein, für Kinder war das keine wünschenswerte Zukunft, auch für eine richtige Familie nicht. Konnte es sein, dass ich zu sehr in alten herkömmlichen Vorstellungen befangen war? Ich musste es mit Selma besprechen, ich musste mir auch Klarheit über unser beider Gefühle verschaffen. Ich musste ihr sagen, dass ich sie liebe und immer lieben werde. Nun war ich mit meinen Grübeleien auf dem Stuhl fast eingenickt und schleppte mich mühsam zum Bett.

Es dauerte noch einige Tage mit unbeschwerten und glücklichen Stunden gemeinsamer Unternehmungen, bis ich meinen Mut zusammennahm und Selma mein Herz ausschüttete. Ich war rundherum glücklich! Es war schon hell draußen, Selma lag in meinen Arm geschmiegt und schlief noch fest. Vorsichtig zog ich meinen Arm unter ihr hervor und ging ins Bad. Als ich zurückkam, schlief Selma immer noch. Ich setzte mich vor die Glasfront und schaute auf das wogende Grün dort unten. Da schlangen sich weiche Arme von hinten um meinen Hals und mit einem Kuss auf meinen Nacken sagte eine zärtliche Stimme: „Guten Morgen, Liebster." Wir küssten uns lange und ausgiebig, dann sagte Selma, sie wolle schnell ihr Zimmer aufsuchen, sie hätte nicht einmal eine Zahnbürste, nach einer Dusche freue sie sich auf ein gemeinsames Frühstück. Sie nannte mir ein Frühstückskaffee und enteilte. Ohne sie war jetzt mein Zimmer so leer und ich ging vorzeitig zum verabredeten Platz. Ich hatte nun Muße die Leute zu beobachten. Es waren meist Personen in meinem Alter, nur eine ältere Dame und eine Familie mit einem etwa 10-jährigen Kind. Die Veränderung in der Altersstruktur hatte sich in einem erschreckenden Tempo vollzogen. Als ich Kind war, waren die Gänge und Aktivitätszentren mit Kindern bevölkert und in den Kaffees saßen vorwiegend alte Menschen. Nun findet man kaum noch Hochbetagte und das Problem mit dem Niedergang der Geburtsraten beschäftigte schon unser Parlament seit längerem. Außer Apellen fand man keine Anreize für Paare im gebärfähigen Alter. Es war doch sehr viel einfacher, sich mit Kindern in der imaginären Traumwelt zu befassen, als sich der Verantwortung zu stellen. Man wurde versorgt, mit Kindern musste man sich aktiv befassen. Ich fragte mich, wie sollte meine Zukunft mit Selma aussehen, war ich in der Lage für eine Familie mit Kindern da zu sein? Als ich noch an die Zukunft mit Selma dachte, kam sie schon mit glücklichem Lächeln auf mich zu. Nun holten wir uns unseren Kaffee und jeder ein gut gefülltes Tablett mit allem, was zu einem guten Frühstück notwendig ist. Wir hatten kaum damit angefangen, da kam Gitti ins Café und stürmte auf unseren Tisch zu. „Da seid ihr ja, ihr zwei Turteltauben, ich habe euch gesucht." Sie umarmte mich und drückte mir einen Kuss auf die Wange. Nach ihrer Art stand sie sogleich im Mittelpunkt und wollte sich niederlassen. Wir waren beide überrascht, aber Selma fasste sich und sagte: „Sei nicht böse, Gitti, wir möchten allein sein." „Schade, ich dränge mich nicht auf", meinte Gitti etwas beleidigt, „ihr könnt ja Bescheid sagen, wenn ihr für mich zu sprechen seid." Mit rotem Kopf stand sie auf und verließ den Raum. Ich sah Selma an, dass diese Begegnung ihr naheging. Ich versuchte sie zu trösten und abzulenken und Selma erzählte mir von ihrer Kindheit und ihrer Familie. Ihre Eltern hätten viel Zeit unter den Helmen verbracht. Sie hätte sich sehr viel um Gitti kümmern müssen, obwohl sie nur ein Jahr älter sei. Als ihre Mutter Brustkrebs bekam, verlor diese sich ganz unter ihrem Helm. Nach dem Tod ihrer Mutter fing ihr Vater an zu trinken, obwohl es sehr schwierig war an größere Mengen Alkohol zu kommen, in Kaffees und Kantinen achtete man sehr darauf, dass sich niemand betrank. Er starb dann stark alkoholisiert unter seinem Helm, wohl ohne Absicht. Zu dieser Zeit wären sie 11 und 12 Jahre alt gewesen und die Verwaltung hätte ein lediges Paar damit betraut, auf sie zu achten. Sie hätten damals schon jede ihr eigenes Zimmer bekommen, in dem sie immer noch lebten. Sie hätte gleich nach der Schule ihr Medizinstudium begonnen und Gitti hätte sehr viel angefangen, aber nichts zu Ende gebracht. Seit längerem hätte Gitti eine Anstellung auf der Babystation zur Pflege von Neugeborenen oder kranken Kleinkindern. Selma erzählte, dass sie auch sehr viel dort tätig wäre, aber ohne eine feste Anstellung, sie würde aber oft bei Notfällen gerufen. Ich fragte Selma, ob sie auch einmal Kinder haben wolle. Darauf schwieg sie einige Minuten, dann sagte sie, es wäre schwierig zu beantworten, einerseits sei da die Sehnsucht, so ein kleines Wesen in den Armen zu halten und es zu lieben, andererseits hätte sie kaum die Möglichkeit einem Kind eine wirkliche

Zukunft zu bieten. Ganz leise kam dann die Frage: „Wie stehst du dazu?" Nun erzählte ich ihr von meinen Träumen, die ich noch niemandem offenbart hatte, von einer glücklichen Familie mit mehreren Kindern in freier Natur mit Herausforderungen und Entbehrungen, einem Leben im Existenzkampf, aber mit sehr viel Befriedigung. Selma sah mich forschend an: „Bist du ein Träumer oder Tatmensch?"

Dann wechselte sie das Thema und fragte mich, ob ich Lust hätte mit ihr zusammen eine Babystation zu besuchen. Wir brachen auf und über mehrere Fahrstühle und viele Gängen leitete uns das Navi zu einer Neugeborenen-Station. Selma hatte einen Code und wir konnten unbehindert eintreten. Die ersten Zimmer, an denen wir vorbeikamen, waren anscheinend leer. Selma öffnete eine Tür und zeigte mir, wie gut diese Zimmer eingerichtet waren mit Kinderbett, einer gepolsterten Wickelkommode, mit einer integrierten Sanitäreinrichtung, zwei Betten für Erwachsene und einer Sitzecke. Dort konnte eine junge Familie die ersten Tage nach der Geburt in guter Obhut von Ärzten und Kinderschwestern verbringen. Diese Sorgfalt konnte bestimmt kein Grund für den Geburtenrückgang sein. Als wir den Gang weitergingen, wurde Selma herzlich begrüßt. Nun hörte man auch schon Babygeschrei. Ein Arzt kam in großer Eile, begrüßte Selma und rief: „Du kommst wie gerufen, wir haben eine Komplikation." Dann zog er Selma mit sich und ich blieb allein zwischen den unbekannten Weißkitteln zurück. Mir wurde angeboten in einem

Zimmer zu warten, ich zog es aber vor Selma eine Nachricht zu senden und verabschiedete mich.

Es dauerte fast vier Stunden, bis sich Selma wieder bei mir meldete. Sie sagte, dass sie sich nach der Anstrengung gerne bei einem Spaziergang in freier Natur entspannen möchte, und bat mich an den Hauptausgang zu kommen. Wir gingen dann ein kleines Stück hinaus, aber auf den schmalen Wegen waren heute sehr viele Jogger unterwegs, deshalb kehrten wir um und setzten uns nahe dem Haupteingang auf die Bank, die einen mächtigen Baum umspannt, und unterhielten uns. Ich fragte Selma, warum sie keine feste Anstellung in der Babystation annehme, wo sie doch sichtbar beliebt sei und wo sie wohl auch gebraucht würde. Selma erzählte mir, das sei heute eine

Ausnahmesituation gewesen. Die Station wäre mit Personal überbesetzt, und wenn sie dort eine Stelle annehmen würde, wäre sie zeitlich gebunden, müsste aber die meiste Zeit dort untätig verbringen. Wenn sie gebraucht würde, sei sie bereit jederzeit einzuspringen. Außerdem sei sie noch gewählte Parlamentsabgeordnete, das benötige aber auch kein großes Engagement, denn es ständen selten Entscheidungen und Abstimmungen an. Über unser Parlament hatte ich mir noch keinerlei Gedanken gemacht. Zwar war ich schon zweimal zur Wahl gegangen, hatte aber damit keine echten Entscheidungen verbunden. Umso mehr überraschte es mich, dass Selma sogar in diesem Gremium tätig war. Ich sagte ihr, dass ich in Dingen der Politik ganz unbedarft sei, was sie wiederum zu wundern schien. Dann plauderten wir über den herrlichen Abend und bewunderten das Abendrot, das zwischen der Baumkrone und dem Gebäude den Himmel leuchtend einfärbte. Es ist ein merkwürdiges Gefühl in Naturnähe zu sitzen und in wenigen Metern ragen die mächtigen Türme der Zentralsiedlung in die Höhe. Wir saßen dort, bis das Licht verblasste und es anfing zu dunkeln. Dann erhoben wir uns, gingen Hand in Hand hinein und begaben uns auf mein Zimmer.

Ich wurde sehr früh wach, Selma schlief noch friedlich. In Gedanken suchte ich Möglichkeiten den kommenden Tag mit Erlebnissen zu füllen. Natürlich Sport, da müsste ich Selma fragen, was sie bevorzugt. Da fiel mir das Observatorium auf der Spitze des Wohnturms ein. Das war aber kein Programm für einen ganzen Tag, das war erst schön, wenn die Sonne untergegangen war, also am späten Abend. Unter dem Observatorium war ein Restaurant mit einem weiten Rundblick. Dort könnten wir fein essen und anschließend die Sterne besehen. Ich freute mich darauf Selma zu fragen und wartete mit Ungeduld, dass sie wach würde. Als sie erwachte, fragte ich sie gleich nach einer zärtlichen Umarmung, ob sie Lust dazu hätte, und Selma war von diesem Plan begeistert. Sie war vor sehr langer Zeit einmal in Gesellschaft dort oben gewesen und sie freute sich, das nun mit mir erleben zu können.

So interessant und vielfältig das Kosmos-Programm, das der Helm bietet, auch ist, ein reales Erlebnis ist doch ein wenig mehr, obwohl es schwerfällt zu sagen, worin der Unterschied besteht. Das ist eigentlich die Grundfrage unserer Existenz. Unter dem Helm kann man alles Erdenkliche erleben und auch den Fortgang der Handlungen gedanklich beeinflussen, dadurch wird das imaginäre Erleben vielfältiger, als es das reale Erleben sein kann, und doch, ich meine, es führt uns weg von unserer Existenz, von unserer Persönlichkeit. Die Erlebnisse haben keine Konsequenzen. Wir verlieren uns im Beliebigen und das ist vielleicht mit der Grund, dass so viele Menschen in dieser Scheinwelt versinken. Nun hat der Helm aber auch in so vielem einen festen Platz in unserer modernen Welt. Er ersetzt einen Computer und die veralteten Fernsehgeräte, hat eine KI-Funktion, er öffnet die Welt der Kultur, Literatur, Musik und bildenden Kunst und ist neben unseren Armband-Smartphone ein zweites Kommunikationsband. Es ist wohl eine alte Erfahrung, es kommt immer darauf an, wie man die Dinge benutzt.

Wir erlebten einen sehr schönen Tag. Vor dem Frühstück gingen wir joggen und dehnten dann das Frühstück bis fast in die Mittagszeit. Danach spielten wir Tennis und gingen anschließend schwimmen. Den späten Nachmittag verbrachten wir noch in meinem Zimmer und liefen erst zum Expressfahrstuhl, der nach ganz oben fährt, als es anfing zu dämmern. Entgegen der Planung nahmen wir uns nicht die Zeit, um im Restaurant zu speisen, sondern stiegen gleich zu dem Observatorium auf in der Hoffnung, dass sich noch nicht so viele Leute dort eingefunden hatten. Uns

lachte das Glück und wir wurden
gleich von einer jungen Frau einge-
wiesen, und da sich noch nicht so
viele Besucher um die Geräte dräng-
ten, konnten wir uns Zeit lassen. Als
wir wieder in das Restaurant hinunterkamen, waren kaum noch Gäste in
dem riesigen runden Saal. Ich fand
das sehr erstaunlich, dass in diesem
riesigen Wohnsilo, wo die Menschen
so gedrängt ihr Leben verbringen, ge-
sellige Einrichtungen so wenig ge-
nutzt werden. Ich äußerte mein Be-
fremden und Selma stimmte mir zu.
Aus dem Automaten holten wir uns
ein leichtes Abendessen und ließen
uns an der Glasfront nieder. Draußen
waren nur die dunkle Nacht und ein
leichter Schein, der von dem Bauwerk ausging. Selma sprach begeistert über ihre Eindrücke von den un-
endlichen Weiten des Weltraumes

und wie klein sie sich dagegen gefühlt habe. Dann sei ihr aber bewusst geworden, wie unendlich reich sie wäre: „Wir haben unser Leben und unsere Liebe", meinte sie, „das ist so kostbar, ich möchte das weitergeben, aber Kinder haben in diesem Traumland keine wirkliche Zukunft." Das durchfuhr mich heiß, war es nicht das, was sich in den vergangenen Tagen immer wieder in meine Gedanken eingeschlichen hatte? Ich legte das Besteck beiseite und nahm ihre Hand. Ich sah sie fest an und sagte: „Wenn es dir ernst ist, ich bin bereit, ich weiß, da draußen warten auf uns nur Not und Gefahren, ein stetiger Kampf und Herausforderungen, aber richtiges Leben. Unsere Kinder sollen eine Chance auf ein richtiges Leben haben." Ich erklärte ihr auch, ich hätte diesen Wunsch schon länger in mir getragen, aber in Anbetracht der Endgültigkeit und der Gefahren hätte ich ihn nicht äußern wollen.

Dann machten wir Pläne, wie wir uns ausstatten und vorbereiten mussten. Selma würde eine minimale medizinische Ausstattung zusammenstellen und ich würde nötige Werkzeuge besorgen. Wir brauchten haltbare Lebensmittel für die erste Zeit und zweckdienliche Kleidung. Wir steigerten uns immer mehr in unsere Pläne. Selbst als wir wieder zurück in meinem Zimmer waren und im Bett lagen, kamen wir nicht zur Ruhe und planten weiter bis in den hellen Morgen. Unsere Hoffnung richtete sich auf eine kleine Aussteigersiedlung am Rande der Alpen. Um sie zu erreichen, mussten über 700 Kilometer durch unerschlossenes Land zurückgelegt werden und das bei unkalkulierbaren Schwankungen der Wetterlage, denn das Erdklima ist noch immer weit davon entfernt sich zu stabilisieren. Im Hochsommer würden wir Temperaturen von bis zu 50 °C ausgesetzt sein, und selbst wenn wir bis dahin die Aussteigersiedlung erreicht hätten, konnten wir nicht darauf hoffen, dass die Bewohner, die dort unter den einfachsten Bedingungen leben, so etwas wie eine Klimatisierung haben. Aber unser Entschluss war gefasst und wir würden uns so gut es geht vorbereiten. Zur angenehmen Seite dieser Megacity gehört es, dass alle Waren, selbst Gegenstände, die am Ort nicht gebraucht werden, bestellt werden können und auch ausgeliefert werden. Dabei zeigt sich auch der Helm als ein brauchbares Werkzeug. Alles was wir benötigen, kann im Kontakt mit ihm ausgesucht, begutachtet und bestellt werden. Allerdings mussten wir es in der unteren Etage im Magazin abholen. Wenn wir mit den dort empfangenen Gegenständen zurückkämen, müssten wir es auch dort wieder abgeben, doch ich hoffte, dass uns eine reuige Rückkehr erspart blieb. Wir achteten sehr darauf, dass alles, was wir einpackten, recyclebar oder wiederverwendbar war. Die für einen Ausflug jenseits des Schutzzaunes empfohlenen Elektroschocker kamen deshalb für uns nicht in Frage. Wir hatten begonnen uns in der Sportarena im Bogenschießen zu üben. Wir nahmen dazu nicht die technischen Turnierbögen, sondern einfache Langbögen aus Holz. Die Pfeile bereiteten mir noch etwas Kopfzerbrechen. Um auf Scheiben zu schießen, haben die Pfeile einfache

Spitzen, zum Jagen und zur Verteidigung brauchte man Spitzen, die größere Wunden erzeugen, doch Gegenstände zum Töten oder Verletzen wurden nicht angeboten. Die Welt hat sich sehr gewandelt, sie ist friedlicher und rücksichtsvoller geworden. Wo sonst fast alles umsonst zu haben ist, sind einige Kleinigkeiten wie etwa Angelhaken nicht zu haben. Blattförmige Pfeilspitzen versuchte ich mir ausdrucken zu lassen und schärfte dann die Kanten mit einer Feile. Täglich übten wir uns im Bogenschießen und gingen immer wieder die Liste mit den notwendigsten Ausrüstungen durch. Wir wollten nichts mitnehmen, was nach Gebrauch als Müll wertlos wäre. Notwendige Verpackungen mussten als Gefäße weiter zu verwenden sein. Wasserdichte Rücksäcke hatten wir bereits abgeholt, mein Rucksack stand mir in meinem engen Zimmer im Wege. Jeden Tag kamen neue Dinge hinzu und wurden eingepackt.

Selma erging es nicht besser, sie verpackte vorläufig nur medizinische Dinge. Jeden Tag gingen wir gemeinsam zu den Mahlzeiten, ab und zu in Gemeinschaft mit meinen Freunden und auch Gitti war manchmal dabei. Unsere Pläne hielten alle für Spinnerei. Bei allem Planen und Vorbereiten lebten wir in diesen Tagen für die zärtlichen Stunden in meinem Zimmer.

Als ich dabei war Pfeile mit neuen Spitzen zu versehen, geschah plötzlich etwas Unerwartetes. In dem gesamten Gebäude hallte ein Alarm mit der Aufforderung an alle, für eine wichtige Meldung die Helme aufzusetzen. Als ich der Anweisung nachkam, wurde ich unterrichtet, dass in vier Minuten ein starker Sonnensturm eintreffen werde und im gesamten Haus alle Stromleitungen zur Sicherheit stillgelegt würden. Die Helme müssten abgesetzt und für zehn Minuten zur Seite gelegt werden. Von elektrischen Leitern sollte man sich fernhalten. Ich dachte sogleich an Selma und wollte zu ihr eilen, doch im selben Moment wusste ich, dass ich dazu keine Möglichkeit mehr hatte, weder waren die Türen zu öffnen noch die Fahrstühle zu benutzen. Es gab keine Möglichkeit, Kontakt zu ihr aufzunehmen. Ein Gedanke ließ mir den Herzschlag stocken. Die Kernfusion ließ sich nicht einfach abschalten. Eine kleine Fluktuation in den gigantischen Magneten könnte den eingeschlossenen

Plasmaball der Umhüllung zu nah bringen. Der Reaktor wäre zerstört. Es wurden lange zehn Minuten in Angst. Ich stand wie gelähmt am Fenster, aber alles blieb ruhig und es gab keine Besonderheiten, lediglich glitt nach wenigen Minuten ein Lichtschein über die Baumkronen tief unter mir. Als ich nach etwas mehr als zehn Minuten meinen Helm vorsichtig aufsetzte, schien alles wieder ganz normal. Ich nahm Kontakt zu Selma auf und war erleichtert, dass sie sich sogleich meldete und dass auch bei ihr alles in Ordnung war. Ich eilte zu ihr, sie war im Krankenhaus gewesen und ich holte sie dort ab. Der Sonnensturm war anscheinend ohne größere Schäden überstanden und bildete später Gesprächsstoff für die aufgeschreckten Bewohner.

In den letzten beiden Wochen hatten wir es vermieden unsere Festung zu verlassen und in freier Natur joggen zu gehen, es war einfach schon morgens zu warm. Es waren die beiden wärmsten Sommermonate, in der Mittagszeit stiegen die Temperaturen oft über 50°C. Aus diesem Grund mussten wir noch mit unserer Reise warten, so ungeduldig wir auch unserem Aufbruch entgegenfieberten. Wir hatten unsere Route festgelegt und sie uns eingeprägt. Dem erdkundlichen Programm waren nur wenig Anhaltspunkte zu entnehmen. Im Norden war die Küstenlinie, die sich weit in das Land hineingefressen hatte, im Süden erhoben sich Gebirge. Es waren Orte verzeichnet mit den Namen ehemaliger Städte, angegeben waren auch Flüsse und Seen. Drei Restsiedlungen waren gekennzeichnet. Am nächsten gelegen war eine Siedlung am Rande eines großen Gebirges. Ein notwendiges Werkzeug schien mir eine große Machete zu sein, um uns den Weg freizuschlagen, von denen ich zwei bestellte. Diese großen Messer waren auch später als universelles Werkzeug zu gebrauchen. Wir hatten ein Leichtzelt und zwei leichte Isomatten, Kleidung nur zweimal zum Wechseln, einen kleinen faltbaren Ofen mit Esbit. Ich schwankte noch zwischen einem Feuerzeug und Streichhölzern. Streichhölzer waren leichter verderblich, aber ein ausgebranntes Feuerzeug war Müll und den mussten wir vermeiden. Die größten Packen waren Pfeile, Zelt und dünne Iso-Matratzen. Pfeile musste ich eine größere Anzahl mitnehmen, denn ich musste damit

rechnen, dass einige verloren gingen.
So stand nach einigen Tagen unser
Gepäck reisefertig auf unseren Zim-
mern, wurde von Zeit zu Zeit noch
einmal überprüft und auch ergänzt.
Mehr und mehr waren wir ange-
spannt und sprachen kaum noch
über etwas anderes als unsere Reise.

Als eine Kaltfront angesagt wurde,
brachen wir am frühen Morgen auf.
Innerhalb des Schutzzaunes war uns
alles vertraut, nur das Gepäck auf unserem Rücken war noch ein Fremd-
körper. Viele Jogger passierten uns
und schauten neugierig auf unser
Outfit. Als wir das Tor im Zaun hinter
uns schlossen, waren wir allein, aber
ich hatte schon früher einen Teil dieses Landes mit einem Elektroschocker als Waffe für wilde Tiere erkun-
det. Ein kleiner Trampelpfad war zwischen den Bäumen kaum noch zu

erkennen. Erst jetzt fiel mir auf, dass viele kleine Wassergräben zwischen den wuchernden Pflanzen und dem vielen toten Holz gequert werden mussten. Ich ging voraus und beseitigte Hindernisse, Selma hielt sich dicht hinter mir. Zur Vorsicht hielten wir unsere Bögen und einen Pfeil bereit, aber wir begegneten keinem größeren, geschweige denn einem gefährlichen Tier. Gegen Mittag änderte sich das Gesicht der Landschaft. Pflanzen und Gräser waren verdorrt, selbst die Bäume zeigten kahle Stellen und mir wurde bewusst, dass ein großes Gebiet rund um das Menschenreich künstlich bewässert wurde und die Natur noch weit davon entfernt war, alle Schäden überwunden zu haben. Wir schauten beide deprimiert nach rechts und links und sahen, was die Hitzewelle der vergangenen Tage angerichtet hatte. Nun waren wir genauso den Einflüssen ausgesetzt, wir waren ein Teil dieser Natur. Als wir uns noch kurz hinter dem Zaun durch üppige Vegetation durcharbeiten mussten, waren wir umgeben von Vogelgezwitscher, sahen Kleintiere hinweghuschen, es gab Eichhörnchen und ein Fuchs lief uns über den Weg. In diesem Gebiet mit vertrockneten Pflanzen und vielen toten Bäumen war es merkwürdig still, nur das Hämmern von Spechten war manchmal zu hören. Wir machten eine kleine Pause und setzten uns auf einen umgestürzten Baum. Es hielt uns nicht lange bei der Rast und wir wünschten inständig, dass nicht alles auf unserem Weg dermaßen geschädigt sein werde. Am späten Nachmittag sahen wir voraus wieder frisches Grün und atmeten auf. Es war fast undurchdringliches Gebüsch, durch das ich mit der Machete einen Weg bahnen musste. Dann standen wir an der Abbruchkante eines Flusses. Eine Rutschpartie die Böschung hinunter und wir waren in dem trockenen Teil des Flussbettes, ein etwa fünf Meter breiter Streifen, danach floss das Wasser träge vorbei. An dieser Stelle errichteten wir unser Nachtquartier. Das Zelt war schnell aufgeschlagen, ich stellte unseren kleinen Ofen auf, machte mit trockenem Holz ein Feuer, holte Wasser aus dem Fluss und kochte es ab. Selma hatte an der Böschung grüne Blätter gepflückt, diese kamen in das kochende Wasser. Der abgekühlte Sud schmeckte durchaus angenehm säuerlich. Dazu aßen wir von den trockenen Keksen und danach saßen wir dicht beieinander und genossen die Dämmerung.

In der Nacht gab es ein heftiges Gewitter. In kurzen Abständen wurde es ganz hell im Zelt, dann prasselte der Regen. Nach einiger Zeit wurde mir bewusst, dass wir nahe dem Fluss zelteten, und ich wagte mich heraus in den Regen. Der Fluss war angestiegen und hatte schon fast unser Zelt erreicht. Ich rief Selma heraus und wir packten schnell im Regen unsere Sachen. Das nasse Zelt faltete ich nur lose zusammen und klemmte es unter meinen Arm. So kletterten wir im Dunkeln die Böschung hinauf, bedeckten uns mit dem nassen Zelt und verbrachten den Rest der Nacht zwischen den Büschen oben auf der Abbruchkante.

Gegen Morgen fingen wir an zu frieren und waren froh, als die Sonne heraufkam und uns wärmte. Aus dem Fluss war ein mächtiger Strom geworden und seine Wellen plätscherten ziemlich hoch an der Kante. Wir warteten ab, bis das Zelt abgetrocknet war, um es besser einpacken zu können, und dann mussten wir unseren Weg durch die dichte Vegetation freischlagen. Dabei entfernten wir uns vom Fluss und bereits nach einem kleinen Stück kamen wir wieder in verdorrtes Land. Wo viele niedere Pflanzen vertrocknet waren, kamen wir besser voran. Von den Maronenbäumen waren schon Kastanien heruntergefallen. Wir sammelten eine tüchtige Portion, um sie abends zu rösten. Wir sahen nun auch größere Tiere. Rehe waren weggesprungen, als sie uns sahen, aber insgesamt schienen die Tiere nicht scheu, sondern eher neugierig. Büffel blieben gelassen stehen und ein Rudel Schweine wühlte ruhig weiter. Wir gingen diesen Tieren vorsichtig aus dem Weg, obwohl wir das Gefühl hatten, dass von ihnen keine Gefahr ausging. An einer lichteren Stelle war dichtes Himbeergestrüpp, dort ließen wir uns Zeit und aßen uns an den Beeren satt. Es war heiß geworden und der Schweiß lief am Körper herunter. Anscheinend lockte das Stechfliegen und Mücken an, die uns dann in die Flucht schlugen. Uns plagte Durst, wir mussten mit dem Wasser sparsam sein, und das Gepäck scheuerte am nassen Körper, so lernten wir mit der Zeit die Kehrseite des freien Lebens kennen. Gegen Abend sahen wir sogar einen Bären, dem wir ziemlich nahe gekommen waren, der sich aber nicht um uns kümmerte. Als wir an einer Felsformation vorbeikamen, einigten wir uns, dass wir zwischen einigen Felsblöcken einen ausgezeichneten Rastplatz einrichten konnten. Nachdem wir den Platz von Gestrüpp gereinigt hatten, passte unser Zelt perfekt zwischen die Steine und auf einem Felsen nicht weit davon entfernt konnten wir ein Feuer anzünden, um dann in der Asche die Maronen zu rösten. Später kratzten wir die Maronen aus der glühenden Asche und fachten das Feuer wieder an. Nun war es schon dunkel, am Feuer aßen wir die Maronen und lauschten den Stimmen, die rings herum erschallten. Noch konnten wir keine Stimme einem Tier zuordnen, wir waren erst am Anfang eines Lernprozesses. Danach schliefen wir im Zelt ruhig und fest.

Morgens wachten wir frierend auf, es war kalt geworden in der Nacht. Am Abend war es noch recht warm gewesen und wir hatten auf die Schlafsäcke verzichtet. Draußen war dichter Nebel und die Feuchtigkeit war auch in das Zelt eingedrungen. Es war eine unwirkliche Stimmung, kein Laut war zu hören. Ich versuchte dort, wo wir am vergangenen Abend die Maronen geröstet hatten, ein neues Feuer zu entfachen, was mir erst nach mehreren Versuchen gelang. Wir wärmten uns an dem Feuer und waren unschlüssig, weitergehen konnten wir erst, wenn sich der Nebel verzogen hatte. Drei Maronen waren noch übriggeblieben, die wurden nun redlich geteilt. Wir tranken etwas, bemüht sparsam zu sein, denn unser Vorrat an Wasser war sehr begrenzt. Dann packten wir schon alles zusammen.

Als Sonnenstrahlen durch die weißen Schleier drangen, wähnten wir uns in einem Zauberland. Lichtreflexe malten Leuchtspuren in die Baumkronen und von den Pflanzen und Bäumen trieften Wassertropfen. Je weiter wir kamen, desto nasser wurde der Untergrund, dichter Bewuchs hinderte uns und es quietschte unter unseren Füßen. Zwischen den Pflanzen sanken wir bis zu den Knien ein. Hier kamen wir nicht mehr weiter. Wir beschlossen ein Stück zurückzugehen und dann die Richtung zu ändern hin zu den Bergrücken, die wir in der Ferne sahen. Wir waren von unserer Route nach links abgewichen und nach ein paar hundert Metern sahen wir zu unserer rechten Seite einen See durch die Bäume schimmern. Wir freuten uns, wenn wir an den See herankamen,   konnten   wir schwimmen und uns den Schweiß abwaschen. An das Ufer kamen wir heran, doch dort überfielen uns große Schwärme von Mücken und trieben uns zurück in den Wald. Wir suchten eine Stelle für unser Zelt, verstauten unser Gepäck, liefen zurück zum Ufer, entkleideten uns, wehrten wild die Mücken ab und beeilten uns in die Fluten zu kommen. Das Wasser war herrlich, aber leider zu warm. Auf dem Weg zurück wurden wir durch einen dichten Schwarm der Plagegeister begleitet. Schnell krochen wir in das Zelt und dichteten es ab. Dann sahen wir, dass wir mit roten Flecken von Mückenstichen übersät waren, auch das Jucken ließ nicht lange auf sich warten. Ich hatte auf unserem Rückweg viele Maronen gesehen und fasste mir Mut, sie zu holen. Der dichte

Schwarm hatte sich verzogen, und als erst ein Feuer brannte, konnten wir noch etwas im Freien sitzen, die Maronen rösten und sie verzehren. Geschlafen haben wir dann nicht so gut, unser Körper setzte sich den Stichen zur Wehr, das juckte nicht nur, das tat richtig weh. Doch das war noch nicht alles, in der Eile hatten wir unser Zelt auf einer Ameisenstraße errichtet, und die Ameisen attackierten uns außerdem. Wir mussten das Zelt abbrechen, es ausschütteln und an einer anderen Stelle errichten. Am Morgen waren wir müde und fühlten uns zerschlagen. Wir machten uns gegenseitig Mut und gingen dann weiter etwas fort vom See, bergauf. Gehen war nicht das richtige Wort, es war eine Kletterpartie, der Wind hatte in den trockenen Waldflächen gewütet und es war oft kein

Durchkommen. Dann mussten wir durch Bäche waten, die von Gestrüpp gesäumt waren. Über einige dieser Wasserläufe konnten wir über gestürzte Bäume klettern, aber meist wateten wir durch das meist schnell fließende Wasser und waren den ganzen Tag über bis zu den Knien nass. Selma bekam Schwierigkeiten. Als wir abends eine offene Stelle für ein Lager fanden, hatte sie blutende Füße. Gezwungenermaßen mussten wir nun eine Pause einlegen. Mit wunden Füßen und nassen Schuhen konnten wir unseren Weg nicht fortsetzen. Ich säuberte Selmas Füße ganz vorsichtig und wollte sie verbinden, doch Selma wollte sie offen heilen lassen.

Am kommenden Tag blieb Selma im geöffneten Zelt und legte den gerollten Schlafsack unter ihre Beine. Ich versuchte etwas Nahrung heranzuschaffen und machte mich mit Machete und dem Bogen auf den Weg, ob ich in naher Umgebung etwas finden könnte. Unterwegs hatten wir schon oft kleinere Tiere gesehen, Katzen Füchse, Hasen und große Vögel, ich musste lernen zu jagen. Ich hatte Glück und sah ein Kaninchen, das mich zwar bemerkt hatte, aber nicht gleich flüchtete. Mein Schuss ging ins Leere, das Kaninchen war fort und auch der Pfeil, den ich dann lange vergeblich suchte. Ich fand Wildkirschen und erntete, indem ich mit der Machete Zweige abschlug. Auf dem Rückweg sah ich einen großen hühnerähnlichen Vogel. Mit meinem Pfeil traf ich das Tier mit und es zappelte sehr. Ich bekam den Vogel kaum zu fassen, so sehr schlug er mit den Flügeln. Ich drückte ihn herunter und trennte mit der Machete seinen Kopf ab. Selbst danach zappelte der Vogel noch einige Zeit, während aus dem Hals das Blut auslief. Nun begann ich die Federn auszurupfen, ich muss mich wohl sehr ungeschickt angestellt haben. Es dauerte sehr lange, bis ich dem nackten Vogel den Bauch aufschneiden konnte, um ihn auszunehmen. Triumphierend kam ich zurück und zeigte Selma meine Beute. Beim Braten des Vogels mussten wir noch viel Lehrgeld zahlen, ich versuchte mich als Koch und Selma gab aus dem Zelt heraus Ratschläge. Die Zeit, bis ich Bratenfleisch auftischen konnte, vertrieben wir uns mit Verspeisen der Kirschen und Kirschkernweitspucken. Der Genuss bei unserer ersten Fleischmahlzeit war zwiespältig, als wir den Widerwillen gegen tierisches Fleisch überwunden hatten, schmeckte es uns gut, aber schon das Kauen und das Abnagen der Knochen gaben uns ein animalisches Gefühl. Nach anstrengenden Tagen und karger Verpflegung war ich übersättigt und mein voller Magen störte meinen Schlaf. Selma sagte mir am Morgen, sie hätte auch nicht schlecht geschlafen.

Wir blieben drei Tage an diesem Platz. In der Zeit holte ich frisches Wasser, kochte es ab und ging noch einmal Kirschen holen. Selma kennt viele Pflanzen, in Gebieten, denen die Hitze nicht so sehr mitgespielt hat, kam uns das sehr gelegen. Wir konnten uns dann ganz gut von Pflanzenteilen und Beeren ernähren. Wir gruben auch mit der Machete Wurzeln aus und kochten sie abends. Was uns bekümmerte, war, dass wir so schlecht vorankamen. Es waren nicht nur die vielen Hindernisse, durch viele Richtungskorrekturen hatten wir auch die Orientierung verloren. Die Route, die wir uns daheim eingeprägt hatten, hatten wir längst verlassen. Wir gingen Süd-West und hofften, auf etwas zu stoßen, das uns Hoffnung gab. Der Wunsch ging schnell in Erfüllung. Schon am nächsten Tag stießen wir auf Reste menschlicher Besiedlung. Zuerst waren es nur überwucherte Mauerreste, ein stählernes Gerippe verhängt mit Kletterpflanzen. Wir liefen in einer Rinne, in der wohl einmal Wasser geflossen schien. Die Reste ehemaliger Bebauung wurden häufiger. Auffällig viele Katzen streunten umher, aber kümmerten sich nicht um uns und gingen uns träge aus dem Weg. Dann waren in einer Kuhle zusammengeschoben   rostige

Überbleibsel von Beförderungsfahrzeugen, dazwischen hatten sich Bäume gedrängt. Selma staunte, dass dieser Verkehrsschrott noch nicht gänzlich verfallen war, er musste doch fast 200 Jahre alt sein. Es musste eine sehr große Stadt gewesen sein, aber wir fanden keine Hinweise, um welche Stadt es sich gehandelt haben könnte. Dann kamen wir an einen Fluss, der die Stadt einmal durchflossen hatte. Damals gab es Brücken, Ansätze dazu waren noch zu sehen, aber die Brücken waren zerstört. Wir konnten nicht hinüber, der Fluss war zu breit und wahrscheinlich auch zu tief. Wir entschieden uns, nahe dem Ufer entgegen der Strömung weiterzugehen. In dieser Gegend gab es viele Wasservögel. Ich beschloss gegen Abend zu versuchen, einen der Wasservögel zu erlegen. Außerhalb der Trümmerreste bildete der Fluss tote Arme, die wir umgehen mussten. Nun kamen auch wieder Wolken von Mücken, die uns das Leben erschwerten. Wir wichen aus in das Walddickicht, wo wir uns mit der Machete den Weg bahnen mussten, dorthin folgten uns nur wenige der Plagegeister. Nun versperrte ein Zufluss den weiteren Weg, an dessen anderem Ufer ein Brand gewütet haben musste. Verkohlte Bäume ragten in den Himmel, doch zwischen den Bäumen war viel frisches Grün zu sehen. Wir überquerten den Zufluss rutschend über einen gestürzten und verkohlten Baumstamm, der quer über dem Flussbett lag, und hatten dann am anderen Ufer viel Spaß, als wir sahen, wie sehr wir uns mit Ruß eingesaut hatten. Von Gesicht und Händen ließ sich der Schmutz mit Wasser entfernen, aber unsere Kleidung war knapp und nicht so leicht zu reinigen. Den Rest des Tages begleiteten uns die verkohlten Baumruinen. Mühsam schleppten wir uns vorwärts, es wurde immer schwüler. Dieses Waldgebiet bot keine Erfrischung, die Luft war angefüllt mit Partikeln der verkohlten Baumrinden und das wieder zum Leben erwachte Unterholz war schlaff und am Vertrocknen. Uns kamen Zweifel, ob wir uns richtig entschieden und dabei die Konsequenzen falsch eingeschätzt hatten. Wir sprachen einander Mut zu, waren aber sehr niedergeschlagen und bedrückt. Das Licht zwischen den verkohlten Bäumen wurde immer unwirklicher und die verkohlten Baumkronen ließen den Blick auf drohende Wolkentürme frei. Bei einem

Unwetter wären wir in einem denkbar schlechten Gelände. Uns beschlichen Ängste und trieben uns weiter, obwohl die Hitze uns die Kraft raubte. Vor uns sahen wir ein baumfreies Gelände und strebten darauf zu. Schon schnell merkten wir, dass es sich um eine niedergebrannte menschliche Siedlung handelte. Dem Bewuchs mit frischen Pflanzen nach mussten die Gebäude in jüngerer Zeit niedergebrannt sein, der große Brand musste innerhalb der letzten zwei Jahre stattgefunden haben. Als wir in den verkohlten Resten der Häuser etwas stöberten, fanden wir tönerne Scherben und zu unserer Überraschung auch Gegenstände aus Eisen. Als wir dann auf Knochen stießen, die wahrscheinlich von Menschen stammten, waren wir entsetzt und gaben es auf noch weiter nach Resten der

Katastrophe zu forschen. Da das Wetter immer bedrohlicher wurde, beschlossen wir, an diesem Ort unser Zelt aufzuschlagen und es gut zu sichern.

Zum Schlafen kamen wir dann nicht mehr. Ein pfeifendes Jaulen kam auf uns zu. Unser Zelt geriet in Gefahr vom Wind zerrissen zu werden. Vor dem Zelt konnten wir uns kaum auf den Beinen halten. Ich zog die Stäbe aus dem Zelt und bedeckte die liegende Zeltwand mit großen Steinen, die rings umher lagen. In einiger Entfernung sahen wir einen Wolkentrichter, der bedrohlich näherkam. Mit einem unvorstellbaren Getöse zog dieser verderbenbringende Trichter an uns vorbei und wir sahen, dass sogar tote Bäume hochgerissen und mitgefegt wurden. Als wir noch starr vor Schrecken diesem

Schauspiel nachstarrten, ergoss sich plötzlich eine Wasserwand über uns. Wir waren dieser Wasserflut schutzlos ausgeliefert und kauerten uns zusammen, um den Wassermassen möglichst wenig Widerstand zu bieten. Der Wind gab diesem Regenschwall außerdem eine unheimliche Kraft und ich musste mich anstrengen, Selma sicher in meinen Armen zu halten.

Danach war das Gelände eine einzige schmutzige Wasserfläche, auf der verkohlte Baumreste schwammen. Unser zusammengeklapptes Zelt war zwar auch unter Wasser geraten, aber als sich das Wasser verlief, konnten wir feststellen, dass nur wenig Wasser eingedrungen und unser Gepäck noch relativ trocken war. Was musste meine Liebste alles ertragen! Die Nacht, völlig durchnässt im Freien, wo wir sonst vor Hitze zerfließen, zitterten wir vor Kälte. Schon zwei Tage hatten wir nichts Richtiges mehr gegessen, ausgenommen der Pflanzenteile, die Selma im Vorübergehen erntete. Den Hunger konnten wir damit nicht stillen. Als die Sonne emporstieg, begrüßten wir die Wärme, aber es wurde bald auch wieder zu viel. Die Erde dampfte und gab der Luft das reichlich gefallende Wasser zurück. Selma schlug vor, dass wir uns in Richtung der Berge, die sich links an dem niedergebrannten Wald entlangzogen, wenden sollten. Dort könnte es Beeren geben und ganz wahrscheinlich auch frisches Wasser. Also änderten wir wieder einmal unsere Richtung und bogen links ab. Es war ein guter Vorschlag, schon bald konnten wir das niedergebrannte Gebiet verlassen und kamen in ein unverletztes Waldgebiet. Als wir allmählich höherkamen, belebte sich die Natur, die Luft wurde frischer, das Grün saftiger und sogar die erhofften Beeren gab es im Überfluss. Wir legten das Gepäck ab und aßen, bis wir satt waren. Im Weitergehen kamen wir an einen sprudelnden Bach, tranken das frische Wasser und füllten unsere Vorratsflaschen auf. Nun folgten wir wieder unserer ursprünglichen Richtung und ich lauerte auf ein Opfer für meinen Bogen, denn es war wohl ratsam, auch unseren Proteinbedarf zu ergänzen. In Schussweite kamen größere Tiere, Rehe, Ziegen und Wildschweine. So große Tiere konnten wir nicht essen, wahrscheinlich wäre ich auch unfähig gewesen sie auszuschlachten. Ich sah auch Hasen, aber die waren zu schnell und so traf es wieder einen großen Vogel, der am Boden saß und sitzen blieb. Nun übernahm Selma das Rupfen und Ausnehmen und ich muss zugeben, sie war geschickter als ich. In der Zeit säuberte ich den Boden für ein Feuer, sammelte trockenes Holz und entzündete es. Ich brachte es sogar fertig, aus zwei Astgabeln eine Auflage für einen Spieß zu fertigen, und übernahm das Drehen des Spießes über dem Feuer. Wir hatten nun ein Festmahl und beschlossen danach nicht weiterzugehen. Den Nachmittag verbrachten wir entspannt mit Zärtlichkeiten im Zelt. Gegen Abend sagte mir dann meine Liebste, ihre Periode wäre schon zwei Wochen über der Zeit und es könnte sein, sie wäre schwanger. Bei aller Freude stimmte mich doch diese Mitteilung sehr bedenklich. Wir waren an der Grenze unserer Belastungsfähigkeit und hatten keinerlei Aussicht auf baldige Besserung unserer Lage. Die ganze Nacht schwirrten Gedanken durch meinen Kopf und ich fand keinen Schlaf, ab und zu horchte ich auf die ruhigen Atemzüge neben mir. Sollten wir besser aufgeben? Zurück mit dem Kind unter Selmas Herzen? Es war sicher genauso schwer zurückzufinden wie unser Ziel zu erreichen, eine kleine Siedlung von Autonomen. Es war nicht einmal sicher, dass es so eine Siedlung noch gab. Konnten wir allein, nur auf uns selbst angewiesen, überleben? Als wir fortgingen, hatten wir ein Risiko einkalkuliert, doch wir hatten nicht gewusst, wie groß dieses Risiko war. Gegen Morgen dämmerte ich noch etwas ein, ich hatte beschlossen, Selma mit meinen Zweifeln nicht zu beunruhigen. Zum

Frühstück nagten wir Hühnerknochen von unserem gestrigen Schlemmermahl ab. Meine trüben Gedanken waren verflogen und fröhlich packten wir ein, zogen weiter durch dicht stehende Maronenbäume und fanden auch gleich wieder zum Nachtisch wuchernde Rabatten mit blauen Beeren. Wir legten das Gepäck wieder ab und aßen Beeren, bis wir uns nicht mehr bücken konnten. Das bemerkten wir besonders, als wir weiterzogen und unter den Bäumen viele Maronen fanden, die zu einem wertvollen Bestandteil unserer Ernährung geworden waren. Den Tag über machten wir dann nur kurzen Halt, um uns an frischen Bachläufen zu erquicken und zu trinken. So kamen wir, meist auf Tierpfaden, gut voran und bereiteten uns erst ein Lager, als es schon anfing zu dunkeln.

Die folgenden drei Tage arbeiteten wir uns durch gleichförmiges Gelände, ohne den fernen Bergen merklich näher gekommen zu sein. Wir waren auch an überwachsenen Zivilisationsresten vorbeigekommen, fanden aber keine Merkmale, die uns gezeigt hätten, ob unser Kurs richtig war. Am vierten Tag erblickten wir abends von einer Anhöhe aus einen großen See. Wir sahen nur das östliche Ufer, das Südufer verschwamm unter hohen Bergen. Das konnte nur der Bodensee sein, eine Landmarke, die wir uns von der Landkarte eingeprägt hatten. Wir waren also zu weit nach Westen abgewichen und mussten uns nun, so gut es ging, östlich halten. Bis in unser Zielgebiet hätten wir in gerader Richtung nun nur noch einige Tage gebraucht, hätten uns nicht Berge und Flüsse im Weg gestanden, es konnte tagelang dauern, bis wir eine Möglichkeit fanden einen Fluss zu queren. Die Tierpfade, auf denen wir uns nach Möglichkeit fortbewegten, liefen kaum in die gewünschte Richtung. Nun versperrten uns auch noch oft hochragende Wände den Weg, dann war eine Schlucht durch einen Wall von Baumstämmen versperrt, die wohl von einer Wasserflut dort angehäuft worden waren. Die seitlichen Wände waren zu steil, also mussten wir den ganzen Weg zurücklaufen und eine andere Möglichkeit suchen, um östlich voranzukommen. Unsere Pflanzenkost wurde immer reichhaltiger. Wir lernten Pflanzen mit nahrhaften Wurzeln zu erkennen und entdeckten Obstbäume. Unser Blick hatte sich geschärft, wir mussten uns nicht um Vorrat kümmern, denn wir fanden unterwegs reichlich zu essen. Ich hatte es aufgegeben nach Tieropfern Ausschau zu halten, meinen Bogen hielt ich nur zur Verteidigung bereit. Wir waren auch vielen großen Tieren begegnet, Rehen und Hirschen, Büffeln und sogar Bären, aber diese Tiere gingen uns aus dem Weg oder wir ließen sie passieren. Wir waren noch kein einziges Mal in Gefahr geraten. Wölfe hatten wir nachts nur heulen gehört, das war zwar schauerlich, doch wenn es entfernt blieb, bestand keine Gefahr.

Nun waren wir schon zwei Wochen im gebirgigen Gelände und begannen von erhöhten Standpunkten aus nach menschlichen Aktivitäten Ausschau zu halten. Wir schauten und lauschten, ließen von Zeit zu Zeit laute Rufe erschallen und warteten auf eine Antwort. Noch kamen nur unsere

Stimmen als Echo zurück. Einmal sahen wir Dampf aufsteigen und waren dann enttäuscht, als es sich als Wolke entpuppte. Dann fand Selma einen abgebrochenen Axtstiel. Das war einwandfrei Menschenwerk, nun konnte es nicht mehr lange dauern, bis unsere Suche Erfolg hatte. Wir sahen vor uns eine große freie Fläche ohne Bäume und Büsche. Als wir aus dem Wald traten, erkannten wir, es war eine Bergwiese und etwas weiter oben graste eine Herde großer Tiere. Es waren keine Büffel, es waren richtige Kühe, die ersten Kühe, die uns zu Gesicht kamen, da konnten Menschen nicht weit sein. Ich rief laut: „Hallo, hallo!", und ein heller Jodler antwortete. Ein junges Mädchen erhob sich bei den Kühen und kam hüpfend die Wiese hinunter auf uns zu. Als sie vor uns stand, bestaunte sie uns mit offenem Mund. Als sie sich gefasst hatte, überschlugen sich ihre Fragen, so dass wir kaum zu Wort kamen, um die Fragen zu beantworten. Als ich in ihren Wortschwall sagte, dass wir aus dem Gesamtzentrum kommen, stockte sie und machte große Augen. Dann wies sie uns den Weg zu ihren Behausungen und sagte, sie könne leider nicht mitkommen, denn sie müsse bei den Kühen bleiben. Wir liefen auf der Wiese bergab. Nun sahen wir zuerst Windkraftanlagen und dann auch richtige festen Häuser. So primitiv konnte das Leben der Menschen hier kaum sein.

Als wir näherkamen, versammelten sich Menschen bei den Häusern und sahen uns entgegen. Nur wenige Schritte und wir waren umringt von freundlichen, lachenden und neugierigen Personen, die auf uns einredeten. Ein älterer Mann bat um Ruhe und lud uns ein, erst einmal in ein Haus zu kommen, um unser Gepäck abzulegen. Ein jüngerer Mann stellte gleich Getränke, Brot und Käse vor uns hin. Wir wollten ausgehungert zugreifen, aber schon waren wir wieder umringt und Fragen prasselten auf uns ein. Dann ging eine resolute Frau dazwischen und schob alle Neugierigen aus dem Zimmer. Nun setzte sie sich zu uns und beobachtete still, wie wir aßen und tranken. Als sie sah, dass wir fertig waren, sagte sie: „Ich denke, Sie werden sehr müde sein, ich habe Ihnen ein Zimmer fertig gemacht. Wenn Sie erst baden möchten, es ist alles bereit. Ich habe auch frische Kleidung für Sie herausgelegt. Wenn Sie sich ausgeschlafen haben, werden wir weitersehen." Danach ging die Frau vor, eine Treppe hoch, wies uns in ein Zimmer mit einem richtigen großen Bett, öffnete die Tür zu einem Bad, wünschte eine gute Nacht und zog sich zurück. Auf dem Bett lagen Nachthemden und auf Stühlen neue Kleidung. Im geräumigen Bad stand ein Korb mit dem Schild: „Schmutz-wäsche." Wir staunten, ein so großes Zimmer und ein so feines Bad hatten wir noch nicht erlebt. Wir stiegen zu-sammen in die schöne Badewanne, schrubbten uns übermütig ab und frottierten uns. Sogar ein Rasierappa-rat mit Langhaarschneider lag bereit und ich machte mich gleich daran, mein Gesicht freizulegen. Wo mein Bart gewuchert war, kam jetzt weiße Haut in dem sonst gebräunten Ge-sicht zum Vorschein. Ich wollte mein geschecktes Gesicht gleich Selma zeigen, doch als ich das Bad verließ, schlief sie bereits fest.

Nach dem Erwachen hatten wir morgens Spaß mit der ungewohnten Kleidung. Ich hatte eine Hose mit Gürtel und ein Hemd mit Knöpfen, für Selma war die Kleidung ganz ungewöhnlich, einen Büstenhalter und auch ein Kleid kannte sie nicht und ich musste ihr helfen sich zu bekleiden. In den neuen ungewohnten Kleidern waren wir uns selbst fremd. Als wir die Treppe hinunterkamen, wurden wir schon erwartet. Der ältere Herr, der uns gestern ins Haus gewiesen hatte, kam uns entgegen: „Nochmals herzlich willkommen in unserer kleinen Gemeinde. Wir sind alle sehr gespannt darauf, was Sie uns berichten können. Niemand von uns hat je jemand anderen als Gemeindemitglieder gesehen. Ich hoffe, unsere

Neugier wird Ihnen nicht lästig. Es ist kaum zu fassen, dass Sie durch die menschenleere Wildnis zu uns gefunden haben. Als meine Großeltern noch Kinder waren, sind alle Gemeinden rings herum ausgewandert und seitdem leben wir bereits isoliert. Aber nehmen Sie doch Platz. Sicher haben Sie auch viele Fragen, ich bin der Gemeindevorsteher und stehe Ihnen zur Verfügung." Als wir uns niederließen, meine Selma: „Wir sind sehr beeindruckt von dem herzlichen Empfang und haben Ihr schönes Gästezimmer sehr genossen und herrlich geschlafen." Der Angesprochene wurde etwas verlegen: „Gästezimmer haben wir nicht, woher sollten Gäste kommen, wir nennen es, verzeihen Sie, Paarungszimmer. Bei uns schlafen alle Generationen in einem Raum, das Zimmer ist dazu da, wenn junge Paare einmal allein sein wollen. Sie können das Zimmer benutzen, bis wir eine Wohnung für Sie eingerichtet haben. Bei unserer Zusammenkunft heute Abend können wir alles klären." Nun waren wir es, die ihre Verlegenheit kaum unterdrücken konnten. Doch schon wurden uns wieder Speisen gereicht und ein großes Glas mit kaltem Tee. Beim Bedienen sagte die Frau des Hauses: „Wir trinken meist Milch, aber wir wissen nicht, ob Sie Milch gewohnt sind und sie vertragen." Ich bedankte mich herzlich und sagte ihr, dass ich noch nie Milch getrunken hätte und nicht wisse, ob sie für mich bekömmlich wäre. Selma sagte, sie wäre sich fast sicher, dass uns das Enzym zur Milchverdauung fehle, dafür wäre uns der angebotene Käse ein Hochgenuss. Der Gemeindevorsteher setzte sich zu uns, sah mich ernst an und stellte die Frage, die ihn wohl schon lange beschäftigte: „Hatten Sie einen speziellen Grund, die Strapazen auf sich zu nehmen und in diese Einöde zu kommen?" Ich wechselte einen kurzen Blick mit Selma. „Kennen Sie das alte Märchen von dem Schlaraffenland?" Er sah mich etwas ratlos an. „Wir haben dort alles ohne Gegenleistung. Als Kinder besuchen wir gute Schulen, können uns danach weiterbilden, auch studieren und dann werden wir nicht mehr gebraucht. Die Menschen dort verbringen die meiste Zeit des Tages unter einem Videohelm in digitalen Träumen. Wir wollten unsere späteren Kinder nicht in eine Welt setzen, die ihnen kein richtiges Leben bietet. Können Sie das verstehen? Meine Frau ist Ärztin, auch sie fand kein befriedigendes Betätigungsfeld

und ich durfte nach meinem Studium nur ab und zu Messgeräte ablesen."
Bei dem Wort Ärztin wurde unser Gastgeber munter. „Ihre Frau ist eine richtige Ärztin? Das ist ja ausgezeichnet! Unsere alte Hebamme, die sich auch um Kranke kümmerte, ist vor Monaten gestorben und wir haben niemanden mehr, der sich mit Krankheiten auskennt. Wir haben ein hartes, aber schönes Leben, jeder arbeitet, so gut er kann, in der Landwirtschaft und jeder hat einen Beruf, den er außerdem ausübt. Sie können sich hier einbringen und ein nützliches Leben führen. Ich freue mich, dass Sie den Weg zu uns gefunden haben."

Anschließend gingen wir mit dem Gemeindevorsteher den Ort besehen. Zwischen den Häusern, die von Nutzgärten umgeben waren, führten Kieswege bis zu einem baumbestandenen Teich. Neben diesem Teich stand auf einer kleinen Anhöhe ein alter Wasserturm. „Wir haben eine ausgiebige Quelle, die uns alle mit Wasser versorgt", erklärte der Vorsteher. „Aus überflüssigem Strom erzeugen wir Wasserstoff als Energiespeicher und die Häuser heizen wir mit Geothermie. Das wenige Land, das wir bearbeiten, versorgt uns mit allem, was wir benötigen. Die Kühe geben Milch und Käse. Eier bekommen wir von unseren Hühnern, mehr brauchen wir nicht. In einer kleinen Gemeinde kann das alles sehr gut organisiert werden. Wir haben nur eine große Sorge, unser Genpool ist für eine ungetrübte Zukunft zu gering, untereinander sind wir alle verwandt. Wir könnten schon eine Auffrischung gut gebrauchen." Unterdessen waren wir wieder umgekehrt und standen vor einem Haus, das merklich weniger gepflegt war als die anderen Häuser. „In diesem Haus wohnte unsere alte Hebamme, sie war eine kinderlose Witwe und das Haus steht leer, das könnte doch eine schöne Arztpraxis werden." War das nun die Erfüllung unserer Wünsche?

Am Abend in der Versammlung sämtlicher Bewohner zeigte sich, dass wir nicht von allen Einwohnern so überaus freundlich aufgenommen wurden. Wir wurden gefragt, ob wir überhaupt wüssten, was landwirtschaftliche Arbeit wäre. Wir wurden auch nach unserem Glauben gefragt, und als wir das nicht befriedigend beantworten konnten, erhob sich ein bedrohliches Murren, das nur durch das Eingreifen des Gemeindevorstehers besänftigt werden konnte. Es kamen noch viele Fragen nach dem

Leben in dem fernen Zentrum. Besonders der Umstand, dass tierisches Eiweiß nur künstlich in Zellkulturen hergestellt und auch alle benötigten Pflanzenprodukte ohne das Erdreich in riesigen Türmen automatisch vom Saatkorn bis zur Ernte erzeugt werden, erregte Verwunderung. Es schien dieser Landbevölkerung unbegreiflich, dass viele Millionen Menschen auf diese Art ernährt werden konnten. Ich hatte den Eindruck, dass sie den Schilderungen von Selma und mir keinen Glauben schenkten. Als wir wieder im Haus des Gemeindevorstehers waren, schien dieser erleichtert und sehr zufrieden zu sein. Er sagte, dass die Gemeinde nichts mehr fürchtete als Neuerungen. Den Grund für alle Katastrophen würden sie im Fortschrittsglauben sehen. Mehr als die Hälfte der Einwohner beharre auf alleiniger Wahrheit der Religion, die anderen seien ambivalent, aber alle seien strikt konservativ. Daher sei er sehr erleichtert, dass die Versammlung so glimpflich abgelaufen sei. Der Satz, dass alle Bewohner dieser Gemeinde Angst vor allem Neuen hätten, ging mir nicht aus dem Sinn. Besteht nicht das ganze Leben aus Veränderungen? Das gilt wohl für ein Lebewesen und auch für eine ganze Spezies. In dem Menschenghetto, dem wir entflohen sind, gab es keinen Fortschritt, ein langsames Aussterben hatte bereits begonnen. War diese kleine Gemeinde nicht auch vom Aussterben bedroht? Selma und ich mussten vorsichtig neue Impulse in die Gemeinde tragen, das waren wir unserem Kind und allen, die noch dazu kommen würden, schuldig. Ein Organismus braucht Wachstum, braucht Veränderung, das gilt auch für eine Gemeinde, aber das Wachstum darf nicht auf Kosten der Natur erfolgen, das ist die einzige Gefahr, Menschen dürfen nicht gegen, sondern für die Natur leben.

In den folgenden Tagen waren wir eifrig dabei, das alte Haus zu säubern und einzurichten. Dabei wurden wir kräftig unterstützt und konnten bei dieser Gelegenheit auch die Bewohner näher kennenlernen. Es dauerte nicht lange, da war die Fremdheit einer Freundschaft gewichen, die alle Unterschiede ausglich. Übrig blieb nur, dass alle Mitglieder der Gemeinde, der Gemeindevorsteher und seine Familie wohl ausgenommen, sehr bildungsfeindlich waren. Die Kinder gingen in keine Schule und wurden nur von ihren Eltern und

Großeltern unterrichtet. Die Mehrheit konnte weder schreiben noch lesen. Meine zaghaften Vorschläge, ich könne doch die Kinder unterrichten, wurden empört zurückgewiesen. Bei der Landarbeit, zu der wir dann auch zugezogen wurden, waren wir ungeschickte Lehrlinge und hatten viel zu lernen. Die Gemeindemitglieder waren Vegetarier und es wurden vielfältige Feldfrüchte angebaut. Es gab nur wenig Tiere im Ort. Ein Gehege für Hühner, eine kleine Schafherde, die Kühe außerhalb des Ortes und etwas abseits ein Schuppen mit eingezäunter Weide für einen alten und einen jungen Bullen. Ich hatte den Entschluss gefasst, mich in die Herstellung von Käse einweisen zu lassen, denn mein Wissen als Lehrer weiterzugeben, war mir verwehrt. Dafür hatte ich abends viele Gespräche mit unserem Gemeindevorsteher, dem es nie genug war, von Erkenntnissen der Wissenschaft und neuen Techniken zu erfahren.

Bei einem abendlichen Gespräch meinte der Gemeindevorsteher zu mir, er wolle mir auf dem Dachboden etwas zeigen. Wir stiegen eine alte Bodentreppe hinauf, die sichtlich sehr lange nicht benutzt worden war. Durch eine Dachluke fiel ein wenig Licht auf große Stapel alter Kisten. Der Gemeindevorsteher erklärte mir: „Mein Großvater war ein eifriger Sammler, nach seinem Tode haben wir alles zusammengepackt und hier untergebracht." Er öffnete eine der Kisten und ich war sprachlos, die Kiste war gefüllt mit alten Büchern, richtigen Büchern. Ich hatte noch nie ein richtiges Buch in den Händen gehalten, ich kannte Bücher nur aus der digitalen Welt. Vorsichtig nahm ich ein Buch aus der Kiste, es war wie ein Schauer, noch nie fühlte ich mich meinen Vorfahren so nah. Vorsichtig blätterte ich durch die Seiten. Soweit ich es in diesem Dämmerlicht erkennen konnte, war es ein Schulbuch für naturwissenschaftlichen Unterricht. Ich nahm ein zweites Buch heraus, es war auch ein Schulbuch. Mein Begleiter öffnete eine zweite Kiste, sie war ebenfalls angefüllt mit Büchern. Eine dritte Kiste mussten wir schon zu zweit von dem Stapel heben, sie war angefüllt mit Romanen von Schriftstellern aus dem 19ten Jahrhundert. Ich konnte es kaum fassen, das waren einzigartige Schätze. Die Stimme des Vorstehers riss mich aus meiner Verzückung: „Wenn Sie Interesse haben, holen Sie sich so viel davon, wie Sie wollen, es hat ja keiner Verwendung dafür." Ich konnte es nicht fassen, am liebsten hätte ich den Mann umarmt.

Ich griff mir wahllos zwei Romane heraus und nahm sie mit, um sie Selma zu zeigen. Selma war über diesen Fund genauso glücklich wie ich. Noch am selben Abend lasen wir abwechselnd bis spät in die Nacht. Nach und nach holte ich viele Bücher von dem Speicher. Das blieb in der Gemeinde nicht unentdeckt und schon bald gab es Geraune von schwarzer Magie und Zauberei. In einer Gemeindeversammlung prallten dann die verschiedenen Standpunkte hart aufeinander. Bisher gab es nur ein Buch und das war die Bibel, und die hatte allein der Prediger, und alle anderen Bücher waren vom Satan. Nun gab es einen Riss durch die Gemeinde, ein Teil war voll Misstrauen und Ablehnung, sie witterten Unheil und andere waren voll Neugier und wollten mehr erfahren, wie die Vorfahren gelebt und was sie hinterlassen hatten. Die einfachsten Fakten brachten die Gemüter zum Kochen. Tatsachen, die unsere Vorfahren schon vor einigen hundert Jahren erkannt hatten, waren vergessen, zum Beispiel, dass unsere Erde eine Kugel sei und sich um die Sonne drehe. Das erzeugte Streit in der Gemeinde. Für den wissbegierigen Teil der Gemeinde wurde ich nun doch zum Lehrer ernannt, aber der gläubige Teil, allen voran der Prediger, standen dem feindlich gegenüber. Fast die Hälfte aller Kinder durfte an meinem Unterricht nicht teilnehmen. Meine Hoffnung war, dass sich mit der Zeit diese Gräben, die sich in der Gemeinde aufgetan hatten, wieder verwischen würden.

Selma musste ihren Weg finden, ohne die Ausrüstung und die Errungenschaften der modernen Medizin ihren Beruf auszuüben. Sie hatte sich ein kleines Labor eingerichtet, wo sie in ihrer Freizeit mit Pflanzenextrakten experimentierte. Zwischen den Büchern war ein Band mit Naturmedizin gewesen, der ihr gute Anstöße gab. Ihr Bäuchlein wurde immer dicker und ihre Bewegungen langsamer. Bei unserem abendlichen Beisammensein durfte ich mein Ohr auf ihren Bauch legen und die leisen Herztöne hören. Dann sprachen wir mit unserem Wunschkind von der noch fremden großen Welt.

Elitefrauen

Der Roman befasst sich mit dem Phänomen der Zeit verpackt in eine spannende Geschichte. Ein Team von Astronautinnen bricht zu einer Reise ins Universum auf, bei der laut Plan erst die nächste Generation die Erde wieder erreichen kann. Unerklärliche Zeitphänomene ändern alle Reisepläne. Als das ursprüngliche Frauenteam, kaum gealtert, wieder zur Erde zurückkehrt, sind Jahrhunderte vergangen und die Menschheit befindet sich durch technische Verselbstständigung im Niedergang. Durch den Einsatz der Frauen können die Gefahren, die der Menschheit drohen, abgewendet werden. (Amazon Deutschland 2017)

Das Fenster zur Evolution

Abenteuer in einer unberührten Natur. Nach einer Umweltkatastrophe existieren die Überlebenden in isolierten Städten und werden kybernetisch mental reguliert. Die Umwelt ist für Menschen tabu. Zur Vorbereitung einer Raumfahrt wird eine Versuchsperson ungeregelt in die Tabuzone gesandt, macht Erfahrungen mit der für ihn neuen Selbstständigkeit und erlebt die von Menschen verschonte Natur. Er muss sich mit wilden Tieren und den Naturgewalten auseinandersetzen und lernt andere Lebensformen sowie Affen kennen, dich sich unabhängig von den Menschen weiterentwickelt haben. (Amazon Deutschland 2017)

Uropageschichten

Der Urgroßvater erzählt seinen Enkeln von seiner Kindheit und Jugend in der Kriegs- und Nachkriegszeit in Göttingen. Ein warmherziges Jugendbuch mit auto-biographischen Zügen, das auch für Erwachsene interessant ist. (Amazon Deutschland 2017)

Symbiose

In der Gesellschaft nimmt die Tendenz zur Selbstoptimierung zu. Was hat das für Auswirkungen auf die Persönlichkeit und die menschlichen Beziehungen, wenn ein Mensch durch die Symbiose mit technischen Objekten eine enorme Gedächtniskapazität und eine hervorragende Denkfähigkeit bekommt? In diesem Science Fiction setzt sich Karl-Heinz Haselmeyer kritisch mit den wachsenden Möglichkeiten der Medizin auseinander. (Amazon Deutschland 2018)

Terroristen

Was wäre, wenn es einer Terrororganisation gelänge, die Herrschaft über den Erdball zu erringen? Könnte man dann dem Ideal der Gewaltlosigkeit treu bleiben oder wäre es nicht Pflicht, sich mit allen Mitteln zu wehren?

Ein junger Gotteskrieger bereist die Erde auf der Suche nach Naturschönheiten und kommt dabei mit den unterdrückten Menschen in Berührung. Er verliebt sich in eine Wildhüterin im Yellowstone Park. Als er erfährt, dass der Beherrscher der Erde eine vernichtende Eruption im Park auslösen und damit wohl alle Bewohner des gesamten Kontinents vernichten will, kämpft er gemeinsam mit den Bewohnern für ihre Rettung auch um den Preis der eigenen Vernichtung. (Amazon Deutschland 2018)

Der verbotene Planet

Expeditionen zu einem erdähnlichen Planeten scheiterten unter seltsamen Umständen und endeten in einer Katastrophe. Der Planet wurde unter Quarantäne gestellt und jegliche Landung verboten. Die Besatzung eines havarierten Raumschiffes muss auf diesem Planeten notlanden. Die Überlebenden werden von einem Raumkreuzer gerettet. Das Rettungsraumschiff gerät anschließend insbesondere durch eine mysteriöse Krankheit in Schwierigkeiten. Unter großen Verlusten kann das Geheimnis des verbotenen Planeten geklärt werden. (Amazon Deutschland 2019)

Interaktiv

Ein Fachmann der „Künstlichen Intelligenz" schildert den Versuch, der Leistung des menschlichen Gehirns nahe zu kommen, und erzählt von den damit verbundenen Problemen. Im Zwiegespräch mit der geschaffenen Apparatur werden wissenschaftliche Themen aus der Teilchenphysik und der Kosmologie sowie zivilisatorische Entwicklungen angesprochen. In kurzer Zeit ist der Rechner seinen Schöpfern überlegen, kann von ihnen nicht mehr kontrolliert werden und geht eigene Wege, was seinen Betreuer in große Schwierigkeiten bringt. (Amazon Deutschland 2019)

Eisige Höhen

Bei einer unheimlichen Begegnung wird ein normaler Bürger durch Drogen aus seinem einfachen Leben gerissen. Er wird ein gefühlloser Karrierist, dem ein schneller Aufstieg in der politischen Gesellschaft vorgezeichnet ist. Zu spät merkt er, dass er ein machtloses Werkzeug in den Händen einer Verschwörung ist. Vorsichtig versucht er sich daraus zu befreien. Als die Verschwörung aufgedeckt wird, gilt er zunächst als Hauptverdächtiger, wird aber teilweise rehabilitiert. Was bleibt, sind Scham und Sehnsucht nach seinem einfachen Leben. (Amazon Deutschland 2020)

Homunkulus

Die alte Geschichte des synthetischen Menschen wird unter modernen Aspekten aufbereitet. Im Vordergrund stehen die Fragen: Was ist Leben und wie ist ein Bewusstsein mit der Erkenntnis und der Intelligenz verknüpft, aber auch, welchen Platz haben Gefühle in diesem Zusammenhang? Fragen, die sich bei weiterem Fortschritt der IT-Forschung wohl einmal stellen könnten. Das geschaffene technische Wesen ist nach kurzer Entwicklungszeit seinen Schöpfern intellektuell überlegen und entgegen allen Erwartungen entsteht eine wechselseitige enge gefühlsmäßige Bindung. (Amazon Deutschland 2020)

Genderfrei

Nur wenige Menschen konnten einer irdischen Katastrophe entfliehen und leben in einer Höhle hundert Meter unter der Mondoberfläche. Sie suchen einen Neuanfang, ohne in die verhängnisvollen Fehler der Vergangenheit zurückzufallen, die fast zur Vernichtung der Menschheit geführt hatten. Da Sprache das

Bewusstsein formt, sollen alle Diskriminierungen im Sprachgebrauch abgeschafft werden. In genderfreier Sprache werden die Nöte und Zwänge der Überlebenden geschildert, denen nur ein Ausweg bleibt, sie müssen versuchen die zerstörte Erde neu zu besiedeln. (Amazon Deutschland 2020)

Habilitation

In Form einer wissenschaftlichen Habilitationsarbeit wird geschildert, wie nach einer Klimakatastrophe die Manipulationen an der Keimbahn von Menschen mit dem Ziel einer höheren Hitzetoleranz zu einer neuen Spezies führten. Die gezüchteten Thermophilen vermehrten sich stark und es entstanden Probleme des Zusammenlebens. Nach Versuchen, die Venusatmosphäre zu reinigen und die Temperatur dort zu senken, wurden die Thermophilen ausgesiedelt. (Amazon Deutschland 2021)

Kontakt

Auf der Suche nach außerirdischem Leben stoßen Wissenschaftler auf Signale, die sich von natürlichen abgrenzen lassen. Versuche, diese Signale zu entschlüsseln, scheitern. Ähnlichkeiten mit dem genetischen Code bringen Forscher dazu, die Signale biochemisch in Materie zu überführen. Diese Versuche münden in eine Katastrophe und müssen gewaltsam beendet werden. (Amazon Deutschland 2021)

Thomas

Die Innen- und Außenwelt eines kritischen Realisten wird gespiegelt in einem Zeitraum von achtzig Jahren. Das Symbol der geistigen Auseinandersetzung ist der „ungläubige Thomas". Zeitgeschehen, Geschichte und Reflexionen wechseln in bunter Folge. Eine sehr persönliche Geschichte. (Amazon Deutschland 2021)

Bildet Sprache Bewusstsein?

Die künstliche Nachbildung eines neuronalen Cortex ist ein Quantensprung in der digitalen Datenverarbeitung. Damit taucht die Frage auf: kann sich in einem elektronischen Schaltkreis Bewusstsein entwickeln? Eine Arbeitsgruppe in dem Forschungszentrum geht dieser Frage nach. Der Satz: Sprache prägt das Bewusstsein erweist sich als eine falsche Fährte. (Amazon Deutschland 2021)

Geschenkte Gedanken

Ein Studium an einer Eliteuniversität in den USA und ein Großvater, der die weltanschaulichen Gespräche mit seinem Enkel vermisst und ihm seine Gedanken per E-Mail weiterhin mitteilt. Der Student aus Deutschland findet die Frau seines Lebens und einen guten Freund, aber mit seinem Großvater bleibt er auch in der Ferne eng verbunden. (Amazon Deutschland 2021)

Gier

Ein von Gier getriebener erfolgreicher Geschäftsmann schildert auf dem Krankenbett seinen Aufstieg und seinen selbstverschuldeten Absturz. Selbst seine schlimmen Erfahrungen können nicht verhindern, dass er später wieder den Verlockungen der Gier erliegt. (Book-on-Demand Deutschland 2021)

Der Traum von der Zelle

Ein Blick in die nahe Zukunft, in der die emissionsfreie Energieproduktion die Umweltprobleme nicht nachhaltig beheben konnte. Viele Menschen verlieren ihre Lebensgrundlage und strömen in Gebiete, die noch nicht so stark betroffen waren. Dadurch entstehen gefährliche gesellschaftliche Entwicklungen. Ein Wissenschaftler entwickelt eine Methode, um das Schmerzempfinden abzuschalten. Als er sieht, dass seine Erfindung missbraucht werden kann, versucht er, auf die Gefahren hinzuweisen. In seinen Vorlesungen und Vorträgen erregt er Aufsehen und Widerspruch. (Book-on-Demand Deutschland 2022)

Der Bärentöter

Eine bäuerliche Sippe der Eisenzeit war mit der Geschichte ihrer Vorfahren eng verbunden. In den Erzählungen der Ältesten führten sie ihre Herkunft auf einen steinzeitlichen Jäger zurück und erzählten von Jagden auf Tiere der Frühzeit wie Mammut und Höhlenbär, die längst ausgestorben waren. Ein spannendes Buch, das auch für Jugendliche interessant ist. (Boook-on-Demand Deutschland 2022)

© 2022, Karl-Heinz Haselmeyer
Herstellung und Verlag:
BoD – Books on Demand, Norderstedt
ISBN: 9783756229208